Para as minhas sobrinhas: Olivia, Rebeca e Vega.

Tenho a sorte de contar com pessoas que me apoiam.
Obrigada às professoras da Escuela de Arte 10, de Madri,
por sua dedicação ao ensino público; à minha revisora,
Marta Rubio Aguilar; à minha família e especialmente aos
meus amigos, porque sempre confiaram nos meus monstros.

ESTE CONTO É DEDICADO
A TODAS AS PESSOAS QUE
EM ALGUM MOMENTO
JÁ SE SENTIRAM UM
MONSTRO ROSA.

Publicado originalmente pela Apila Ediciones, Mosén Félix Lacambra 36B, 50630 Alagón, Zaragoza, Espanha
© do texto e das ilustrações: Olga de Dios, 2013
© da edição original: Apila Ediciones, 2015
© desta tradução: Boitatá, 2016,
acordada através da VeroK Agency, Barcelona, Espanha

1ª edição: junho de 2016
12ª reimpressão: outubro de 2025

Jinkings Editores Associados Ltda.
Rua Pereira Leite, 514
05442-000 São Paulo SP
Tel./fax: (11) 3875-7250 | 3872-6869
contato@editoraboitata.com.br
boitata.com.br
ⓕ editoraboitata | ⓘ editoraboitata

Direção editorial
Ivana Jinkings
Edição e tradução
Thaisa Burani
Indicação e revisão da tradução
Monica Stahel
Coordenação de produção
Juliana Brandt
Assistência de produção
Livia Viganó
Revisão
Isabella Marcatti
Diagramação e letramento
Otávio Coelho

Este livro foi vencedor do prêmio Apila Primera Impresión 2013, como melhor livro ilustrado de autor estreante, promovido pela Apila Ediciones e pela Escuela de Arte de Zaragoza; do prêmio Aurelio Blanco 2012-2013, como melhor projeto gráfico de livro infantil, concedido pela Comunidade de Madrid; e do prêmio Golden Pinwheel, na categoria de melhor livro ilustrado infantil, da China Shanghai International Children's Book Fair (CCBF) de 2013.

Para as ilustrações deste livro, Olga de Dios utilizou ferramentas digitais que emulam técnicas tradicionais de canetinha, lápis de cor e aquarela sobre papel.

A autora agradece a colaboração de Lucía Alba Fernández, José L. Roscales, Raúl Rivarola, Paula de Dios Ruiz, Olga Iglesias Durán e Marta Rubio Aguilar.

CIP-BRASIL. CATALOGAÇÃO NA PUBLICAÇÃO
SINDICATO NACIONAL DOS EDITORES DE LIVROS, RJ

D626m

Dios, Olga de
Monstro Rosa / Texto e ilustração de Olga de Dios; [tradução Thaisa Burani]. - 1. ed. - São Paulo : Boitatá, 2016.
il.

Tradução de: Monstro Rosa
ISBN 978-85-7559-487-2

1. Ficção infantojuvenil espanhola. I. Dios, Olga de. II. Burani, Thaisa. III. Título.

16-33612
CDD: 028.5
CDU: 087.5

Este livro foi composto em Alright Scrapbooky, corpo 24, e reimpresso em papel offset 180 g/m² pela gráfica Rettec, para a Boitatá, em outubro de 2025, com tiragem de 3 mil exemplares.

MONSTRO ROSA

Olga de Dios

Antes de nascer, ele já era diferente dos outros.

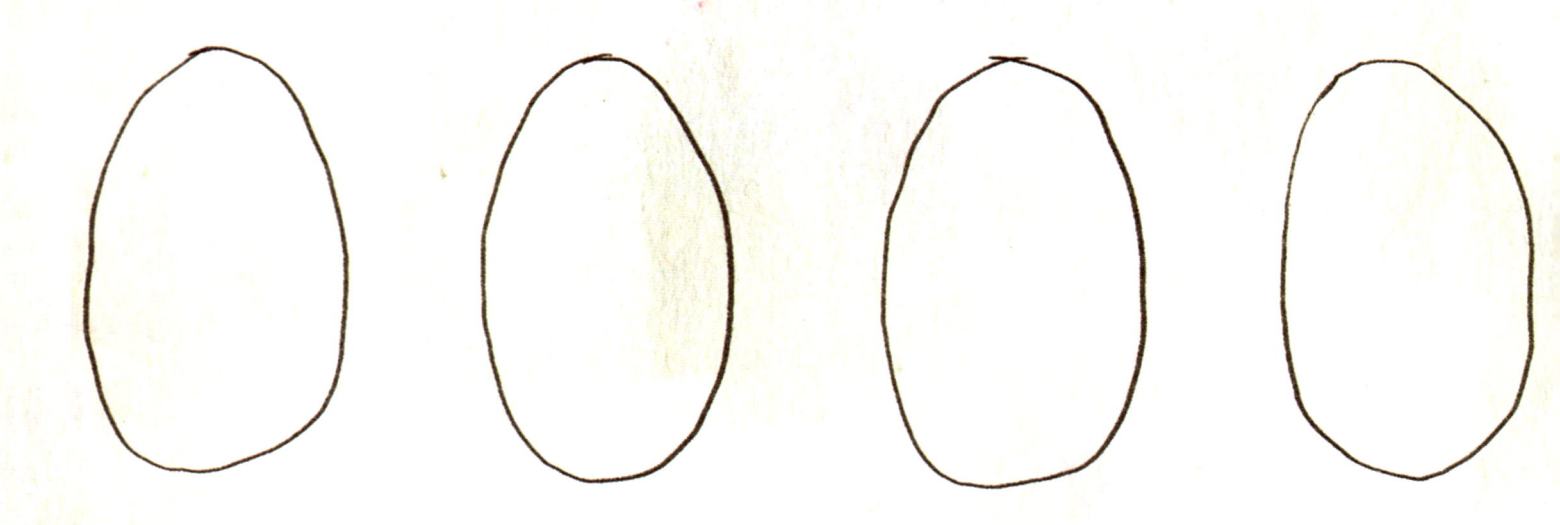

Era COR-DE-ROSA, e os outros eram brancos.

   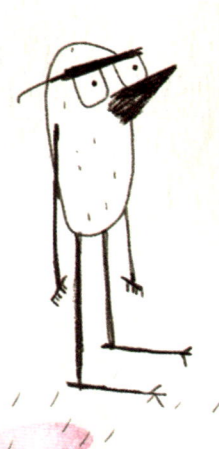

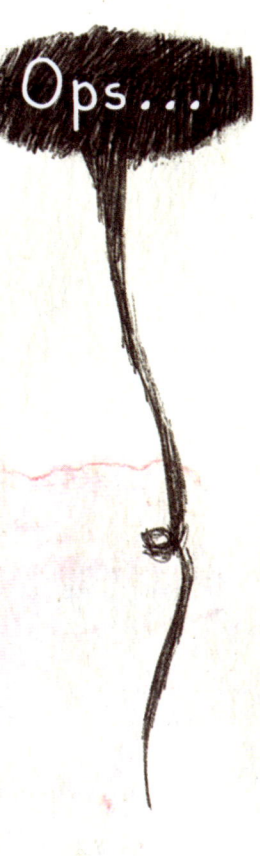

Ops...

Que outras diferenças você vê?

Monstro Rosa era grande e os outros eram pequenos.

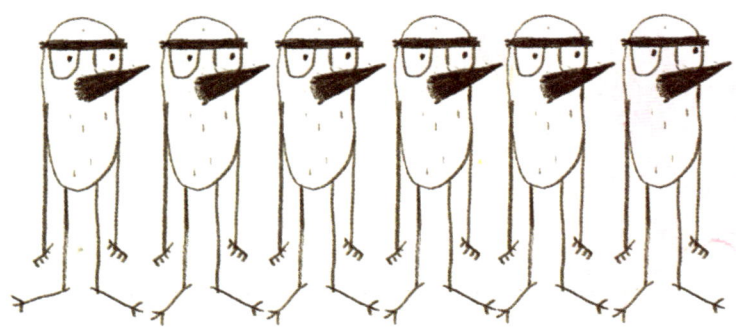

Ele sempre ria de qualquer bobagem,
enquanto os outros não abriam o bico.

Viviam num lugar onde tudo era branco.
Uma enorme nuvem branca cobria o céu.
As árvores, as casas e até a terra eram brancas.

Quando brincavam de esconde-esconde,
Monstro Rosa sempre perdia...

...e quando subia nas árvores, **Monstro Rosa** caía.

Ao anoitecer, todos iam para casa dormir.

Mas Monstro Rosa não cabia em sua casa,
então dormia abraçado a ela.

E sonhava que descobria novos lugares.

Até que um dia ele criou coragem para procurar outro lugar:
Monstro Rosa decidiu viajar.

Deixou para trás a nuvem branca,

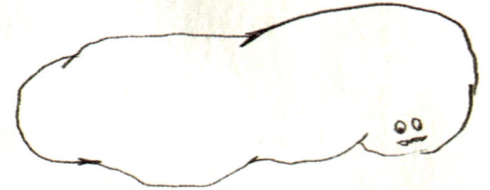

as árvores brancas,

as casas brancas

e todos os outros.

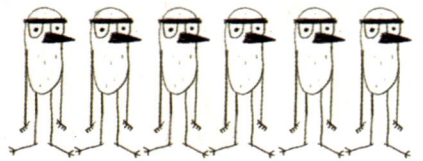

Monstro Rosa

transpôs montanhas de bicicleta.

Atravessou o mar num barco de papel e, quando chegou ao outro lado, fez dele um chapéu.

Percorreu um deserto onde de dia se dormia
e de noite se cantava.

Desenhe outras coisas que ele encontrou.

Até que chegou a um LUGAR onde fazia SOL.

Às vezes, chovia...

Outras vezes...

... aparecia o ARCO-ÍRIS!

Nesse LUGAR, ele conheceu muita gente,
gente nova e bem diferente:

lá lá lá...

BICHO BOLOTA
Em vez de andar,
rolava sem parar.

PÁSSARO AMARELO
Sabia voar e cantar.

MONSTRO AZUL
Com seus braços compridos, abraçava melhor os amigos queridos.

RÃ DE TRÊS OLHOS
Quando saltava, para todo lado ela olhava.

Todos riam e brincavam o dia inteiro.

lá lá lá…

E à noite iam para casa dormir.